La soupe au potiron

Pour Jomai et Max

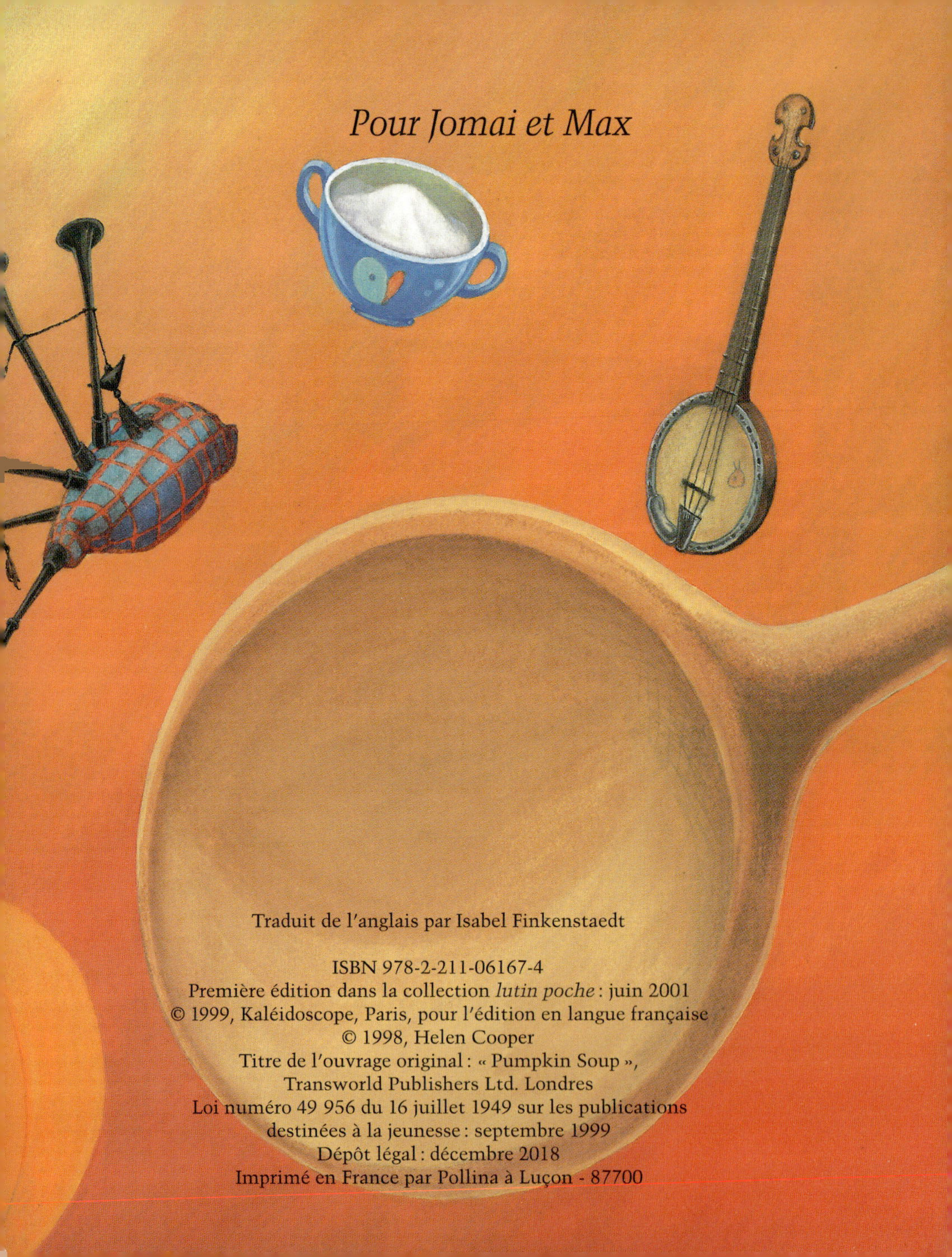

Traduit de l'anglais par Isabel Finkenstaedt

ISBN 978-2-211-06167-4
Première édition dans la collection *lutin poche* : juin 2001

Titre de l'ouvrage original : « Pumpkin Soup »,
Transworld Publishers Ltd. Londres
Loi numéro 49 956 du 16 juillet 1949 sur les publications
destinées à la jeunesse : septembre 1999
Dépôt légal : décembre 2018
Imprimé en France par Pollina à Luçon - 87700

Helen Cooper

La soupe au potiron

kaléidoscope
les lutins de l'école des loisirs
11, rue de Sèvres, Paris 6e

Au fond du bois se dresse une vieille cabane blanche
entourée d'un jardin où poussent des potirons.
Une bonne odeur de soupe en émane
et, le soir,
avec un peu de chance,
on peut apercevoir un chat qui joue de la cornemuse,
un écureuil qui gratte un banjo
et un petit canard qui chante.

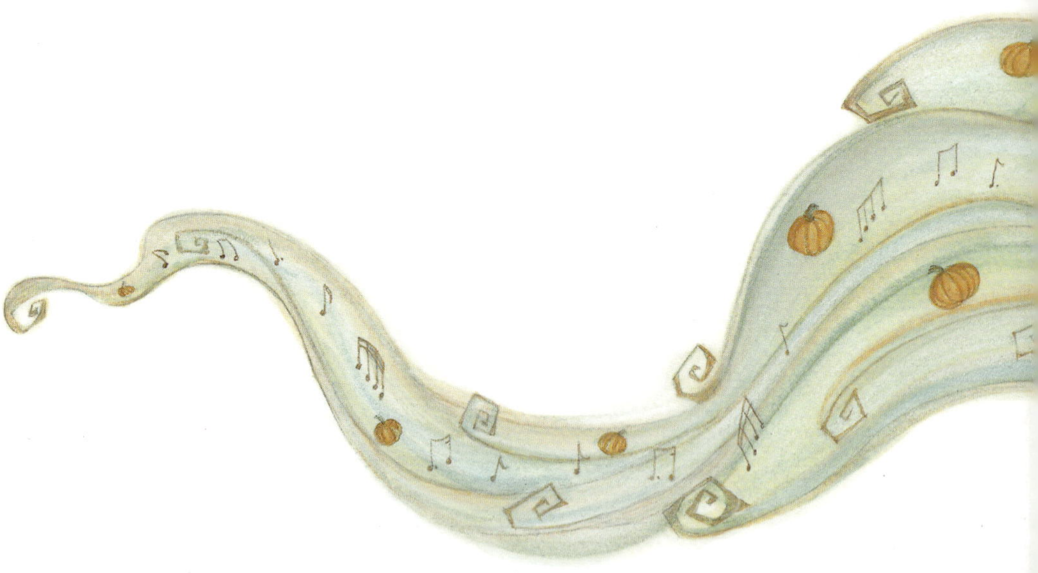

N
S

Une soupe au potiron.
La meilleure qui soit.

Préparée par Chat qui coupe finement le potiron.

Préparée par Écureuil qui ajoute une bonne mesure d'eau.

Préparée par Canard qui met une pincée de sel,
juste ce qu'il faut.

Ils boivent leur soupe à grands traits,

ils jouent leur air favori,

puis ils se mettent au lit,
sous une couette cousue par Chat,
brodée par Écureuil,
et garnie des plumes de Canard.

Tout est paisible dans la vieille cabane blanche,
chacun est occupé à sa tâche,
tous sont heureux.
Du moins, on pourrait le croire…

Un beau matin,
Canard se réveilla tôt.
Il se rendit à la cuisine
sur la pointe des pieds
et il sourit à la vue
de la grande cuillère
d'Écureuil.
« Comme ce serait
formidable
d'être Chef cuisinier ! »

Il approcha un tabouret,
grimpa dessus,
et s'étira
de tout son long…
jusqu'à ce que du bec
il touche
le bout de la cuillère…

BADABOUM !

Elle tomba par terre.

Canard retourna
dans la chambre,
agita la cuillère
et annonça :
« Aujourd'hui,
c'est moi
qui tournerai
la soupe. »

« Pas question ! » glapit Écureuil. « C'est à moi de tourner. Rends-moi ça ! »

« Tu es beaucoup trop petit », ajouta Chat. « Nous ne changerons rien à notre façon de préparer la soupe. »

Mais Canard s'accrocha…
… alors Écureuil tira
de toutes ses forces…
… et HOP !
la cuillère
traversa la pièce
et atterrit
droit sur la tête
de Chat.

Ce fut une mêlée terrible.
Coups
cris,
injures
fusaient dans la vieille cabane blanche.

N
S

« Je refuse de rester ici »,
déclara Canard tout larmoyant.
« Vous ne voulez jamais
que je vous aide. »
Il remplit une brouette,
mit son chapeau,
et s'éloigna de son pas
dandinant.
« Tu reviendras »,
tempêta Chat,
« quand nous aurons
tout nettoyé. »
Et Écureuil brandit sa cuillère.
Mais Canard ne revint pas.

Ni pour le petit déjeuner.

Ni même pour le déjeuner.

« Je le retrouverai bien »,
railla Chat.
« Il doit se cacher dehors. »

« Je parie qu'il est dans le carré de potirons. »

Mais ils eurent beau fouiller,
nulle part ils ne trouvèrent Canard.

Alors commença une longue attente.
Un après-midi interminable.

Chat guettait la porte,

Écureuil arpentait la cuisine.

« Ce Canard reviendra tout penaud à la maison »,
marmonnaient-ils.
Mais Canard ne rentra pas.
Pas même pour le souper.

La soupe
n'était pas fameuse.
Elle était trop salée.
De toute façon,
ils n'avaient pas faim.
Tous deux pleurèrent
sur leur dîner,
et leurs larmes salèrent
encore plus la soupe.

« Nous aurions dû le laisser
tourner la soupe »,
reconnut tristement
Écureuil.
« Il voulait juste nous aider »,
renifla Chat.
« Partons à sa recherche. »

Chat et Écureuil tremblaient d'effroi
quand ils prirent le chemin
qui s'enfonçait dans la sombre forêt.

Ils avaient peur pour Canard,
seul parmi les arbres,
les renards,
les loups,
les sorcières,
et les ours.

Mais ils ne le trouvèrent pas.

Ils cheminèrent sans relâche
jusqu'à atteindre
le bord d'une falaise escarpée.
« Il a peut-être fait une chute ! »
s'affola Chat.

« Je dois le sauver », glapit Écureuil,
et il descendit dans le vide,
le long d'une longue corde.
Il chercha partout une fois à terre.
Mais il ne trouva pas Canard.

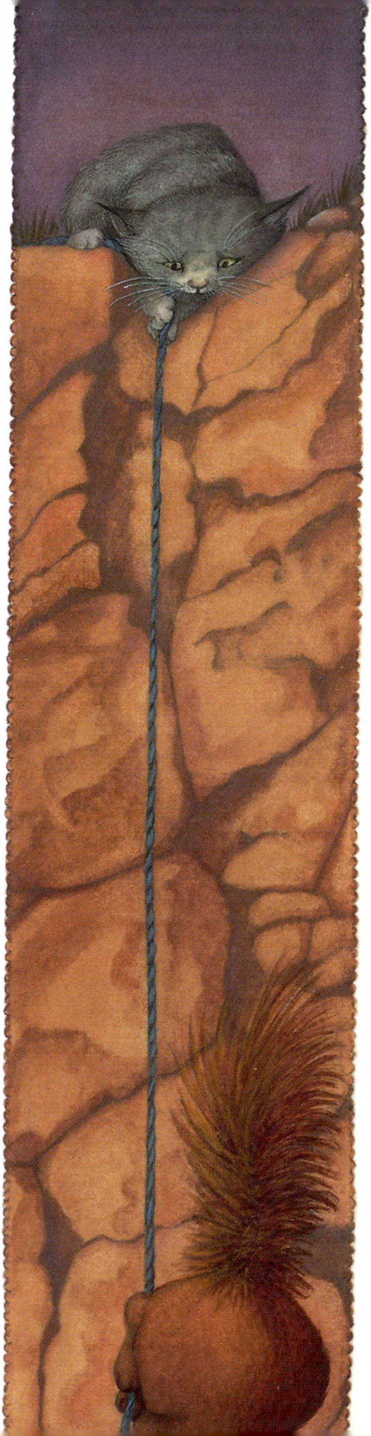

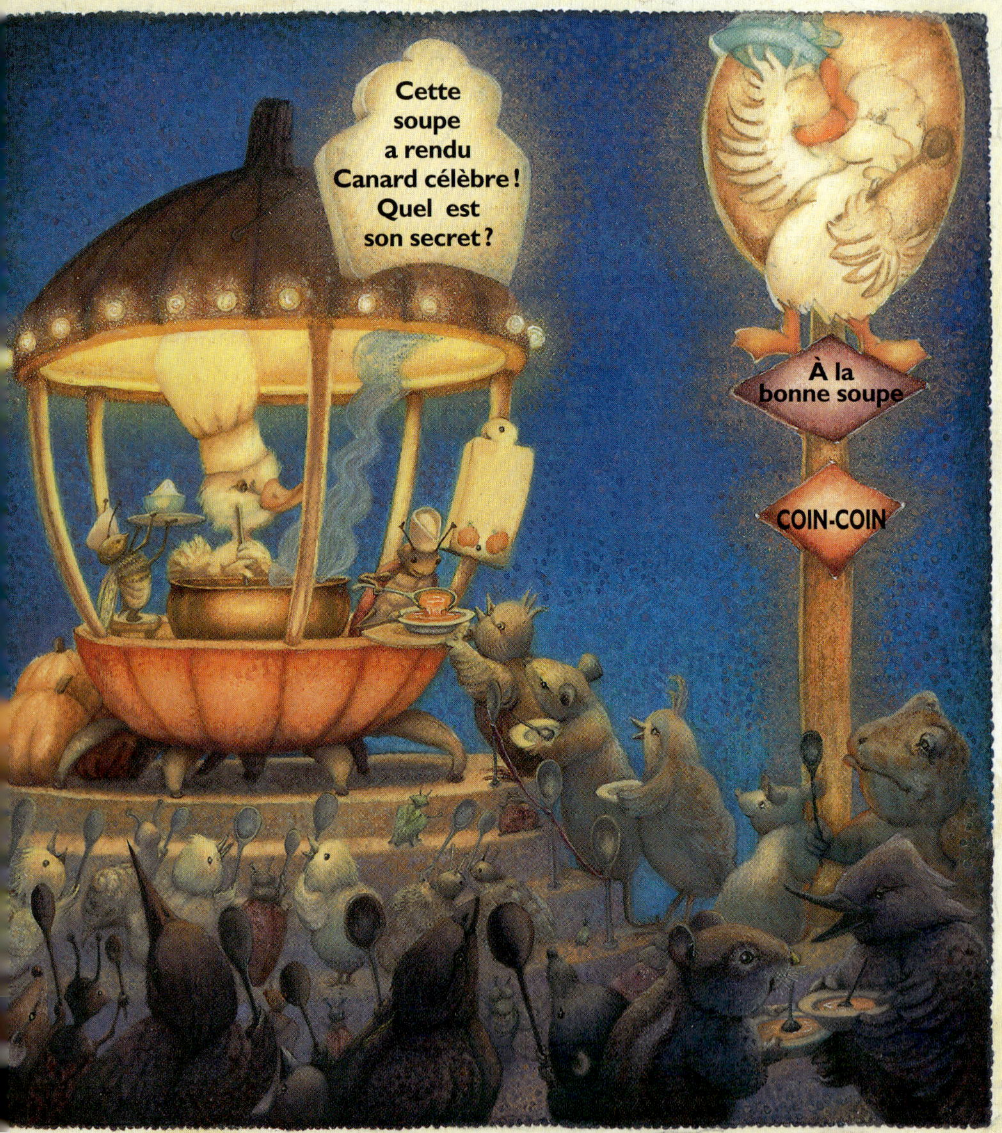
Cette soupe a rendu Canard célèbre ! Quel est son secret ?
À la bonne soupe
COIN-COIN

Alors, d'une petite voix triste,
Chat chuchota :
« Canard s'est peut-être fait d'autres amis. »
« Oui », s'alarma Écureuil. « Des amis qui,
eux, ne refusent pas son aide. »

Plus ils y pensaient,
sur le chemin du retour,
plus ils étaient convaincus
d'avoir raison.

Mais parvenus à quelques pas
de la maison, ils virent
une lumière qui brillait
dans la vieille cabane blanche.

« Canard ! » crièrent-ils
en passant la porte.

Et Canard était
tellement heureux
de les voir.

Il était aussi très affamé,
et malgré l'heure tardive,
ils se dirent
qu'ils allaient préparer…

…une soupe au potiron.

Quand Canard tourna, Chat et Écureuil ne pipèrent mot.

Ni quand Canard remua si vigoureusement
que la soupe gicla partout.

Pas même quand la casserole prit feu.

Canard montra à Écureuil comment doser le sel.
La soupe était à nouveau la meilleure qui soit.

Tout était redevenu paisible
dans la vieille cabane blanche.
Jusqu’au jour où Canard dit…